あの夏ぼくは天使を見た
絵・焦茶／詩・岩倉文也

ブックデザイン／有馬トモユキ・田中千春

そしてぼくは光のこえをたぐりよせ　あわだつ橋をわたってしまう

目次

【第一部】

【幕間】

【第二部】

モノローグ

ひとりでいることが多かった。
ひとりでいると、身体がすこし軽くなった。

潮風が吹いてゆく。
すべての道を吹いてゆく。

ぼくには分からない。
どうすればいいのか、どこへ行けばいいのか。

夏になった。
いきものが死んだり、生まれたりした。

考えないほうがいいんだ、きっと。
感じないほうがいいんだ、きっと。

ぬるくなったジュースを
道端へ捨てるように

捨ててしまえばよかった。捨ててしまえば
自由になれるはずだった。

だけど、ぼくは。だから、ぼくは。
——その日、ひとりの少女に出会った。

第一部

はじまりの場所で

海。触れない夢のかたち
空。届かない明日のさよなら
道。辿れないきみの思い出

ぼくは追っていた
光の残骸を
それは見る角度によって
ぼくの絶望や
すり切れた未来へと近づいていった

街。帰れない過去のしずけさ
羽。掴めない声のしたたり
夏。戻れないことの　残酷な純粋の中で

天使の瞳

思い出には
奈落のように底が
という
恐ろしさのために
人は
この世界から消え

ぼくは
きみのうす青い瞳
ふと
そう思った

挨拶

天使、という一語がぼくの頭に浮かんだ。そのことばは瞬く間にもつれ、魚になったり、墜ちてゆく鳥になったりした。潮風。間断なくこの街の、うつろへ駆けてゆく潮風。死んでいるのだろうか、ぼくは。耐えているのだろうか、ぼくは。振向けば視野の、末端にたたずむきみへ、ぼくはどんな挨拶をすればいいのか。こんなにも時の、透明な光を浴びて。

不安

ぼくは
きみを見ていると
ぼくが
ぼくであることに
不思議と
自信がもてなくなる

それは
きみがいつも誰かに
似ているからだろうか

きみが
いつも誰にも
似ていないからだろうか

位置

うちよせる波の
とおのいた凪の
かなしみの羽の
とけてゆく夢の
あおぞらの胸の
ゆるやかな道の
かわかない影の
にげだした水の
からっぽの街の

中心に立って
きみは
すべてを見ることと
見ないことの
危うい均衡に立って
きみは
ぼくという器に
きみという沈黙を
注ぎつづける

遅延

言葉はいつもおそいから
意味がきみへと届くまで
ぼくの視線はさびしさの
中でいくどもたちまよう

言葉はいつもおそいから
意味がきみへと届くまで
ぼくの耳ではうみなりの
響きがドアをノックする

言葉はいつもおそいから
意味がきみへと届くまで
ぼくの鼻へとしおかぜの
香りはそっとながれ込む

言葉はいつもおそいから
言葉はいつもとどかない
きみはひかりの輪を浮べ
ひとりで海をながめてる

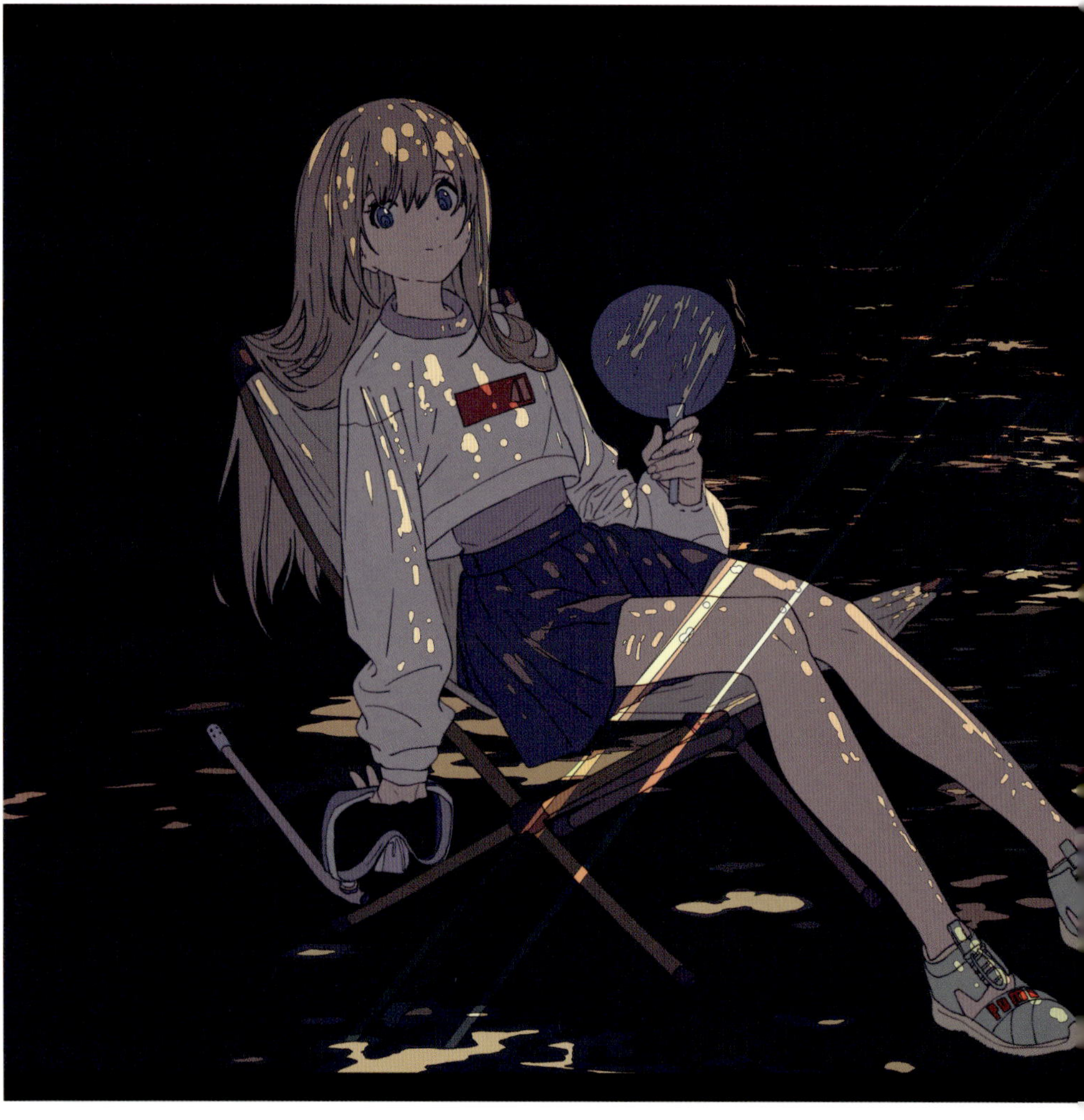

死亡通知

諦めるたび身体は軽くなってゆく。夢を、愛を明日をあかるさを諦めるたび軽くなってゆく。そしてある日、ある瞬間ぼくは宙にういている。だが、どこへ行こう、こんなにも軽い身体で。せめてかなしみの錘があればここにいられる。けれどぼくは今朝、かなしみの死亡通知を、街中にばら撒いたばかりだった。

休息

疲れはぼくに
新鮮なもの憂さを与えてくれる
胸の深いところで
水平にしずむ空を感じることができる
一片の雲もない
ましてや
一片の苦悩もない　それが
この街のほんとうの姿である　と
告げているかのように
風は
無垢という真空へ
無垢というかなしみの底へ
果てもなく
吹き抜ける

光の束に目を細め

前ぶれもなく去った人の
夏がのこした眼差しのように
風のなかでめくれてゆく
日焼けした本のページには
どんな面影も重ねてはいけない
日に乾いた窓がらすは
へだてるためにあるのではないから
揺れうごくものはつねに淋しく
ひろがりにうちしずむ沈黙は
どこにも届かない

そっと頬をなぜてゆく
白いゆびさき
ふり向いたらもう
取りかえすことはできないと知っていて
きみは見えない場所
聞こえない場所にかくされていた
ぼくのひとりでいることに
砂浜の砕かれた貝殻は
いつまでも砕かれたままでいて
それが慰めであるような
時間のまわりをぼくは
歩きつづける

幕間

初夏よ　死は香りたつたましいのかたちを持たぬことの証に

昏の湿りのひどくかなしくて
天から落ちる電波に触れる

やるせなくなる夢だから蝉たちの声　発熱の正午は過ぎて

忘れられた言葉は
空のかたすみに
なぜぼくたちが
歌うか知らず

夢もまたひとつの声になるだろうここから先を海へとゆけば

夢もまたひとつの声になるだろうここから先を海へとゆけば

妄想のなんてやさしい朝だろう
こぼれた水もそのままにして

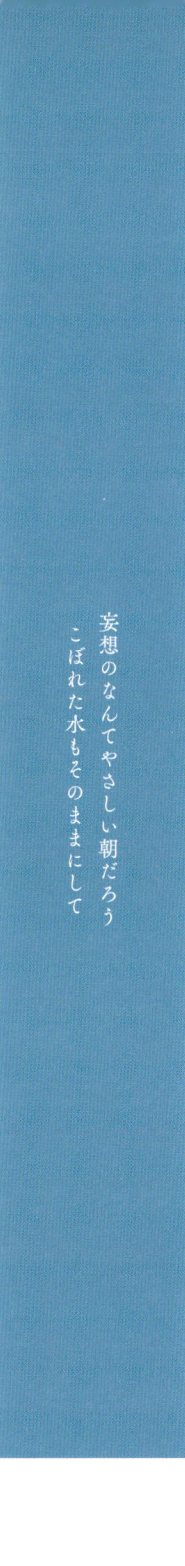

みずぎわに咲く花枯れて祈りから
祈りへ痣を運んでゆこう

人知れずながれるあめのひとしずく
しずかにゆめに傾く街で

どの時間切れも愛しい昼下がり向日葵のゆれやまぬ世界で

八月の肌をながれる水のこと　来ないで
ゆめは日だまりだから

ふいに目覚めふいに眠ってゆくことの耐え難きまで明るい世界

WHTE

その日にはその日の地獄あることを告げつつ崩れゆく砂糖菓子

死の眠り　きのうは花を手折りつつ冷たい肌にふれていたんだ

瞼まで溺れる　きみの手のなかで光はまるで咎人だから

ほんとうはだあれも好きじゃないことのきらきらと陽に透かす手のひら

ゆめうつつうみへとつづくみちをゆく妄想こそが現実だから

愛はそらの上からふいに落ちてきて
ぼくらの街を燃やすのだろう

うす青いがらすにゆびを這わすよう　きみを視野へとおさめることは

さらさらと硝子のかけらふる街の
どうしてぼくにこころはあるの

点滴のどこまでもただ透きとおり
時おりぼくは世界に転ぶ

きみの眼がうつす滅びのやさしくて
やさしくてまたぼくは俯く

全部嘘でしかないことの懐かしく浜辺には洗われた便箋

ゆれる船ゆられる肌のつめたさのどこまで行けどこころは遠く

日々の骨、ひろいあつめてこの星に冬がくるまできみと二人で

影に影重ねてぼくら空をゆく
きみが天使でなくなる夜も

冬の空　きみはことばに傷ついてそのきずぐちに光は集う

NEA

そこだけが冷たい自室しあわせはぼくの頭をこわしてしまう

死ぬのはいつもぼくの内部の空ばかり
鳥たちは讃美歌を唄えど

持つものの
何ひとつない
ぼくだから
きみへと飛ばす
白い電波を

リセットをするたび夜のちかづいて祈りだろうか言葉はすべて

帰ろうか　手折ればゆめも向日葵もひとしく光りかがやく廃墟

夢の中あるいは街の中で
ぼくは頻りに話しかける
ぼくの天使はどこへ行きましたか?
ぼくの言葉は何をしていましたか?

いつだって先に予感があった
未来は庭の椅子に腰掛けていた
ところどころ欠けたぼくの天井から
洩れ入る光　それは音のない記憶だった

非在の翅をもつ人
非在を生きるやさしい人
ぼくはきみのようになることはできない

世界はそこで行き止まり
ぼくはもう話さなかった
白紙の手紙を　いつまでも握りしめたまま

第二部

きみのいる公園

きみの永遠は差しおさえられ
わずかに歪んでいる
——そう　ほんのわずかに

流れてくるのは骨組
きみの　あるいはぼくの失った
鉛色の骨組　それは
ぐにゃぐにゃと柔らかく
みずを含んでふくらんでいる

きみは　見たことがあるか
ぼくたちの澄明な街が　ふいに
ただれた内臓を露わにする瞬間の
——顔のない白昼を

警告はつねに砕かれ
この街の　巣のない鳥に啄ばまれる
濡れたながい腕は
いったい　どこから垂れてくるのか
空はのっぺりと晴れている
空気は乾燥だ　途方もない乾燥
しかし　この濡れた傷だらけの腕は
いったい　どこから垂れてくる

きみのいる公園の
錆びついた
噴水をぼくは知っている
きみが凝視している　幻影の
生臭いみずのことをぼくは知っている

でも　ぼくはきみと出逢わない
きみは　公園のなかでずっとひとり

きみは　そのほっそりした白い腕を
しずかに持ちあげて
太陽に透かしたりしている

きみは　気づいているか
白昼が永遠につづくことを
そこには　どんな言葉も
祈りも入れないということを

告別

もっと透明になれるはずだ
廃屋を見つめ
肺から絞られた夢想に
別れを告げることができれば
過ぎてゆく季節の
消えてゆく記号に
別れを告げることができれば
なれるはずだ
白い道に
息を詰めているこころの
硬質な避難所になれるはずだ
橋をいくども渡り
別れを告げることができれば
なれるはずだ　もっと純粋な記憶に
記憶の彼方にある岸辺を
目指して進む　一隻の
帆船に

ゆめうつつ

蝶々さん
どこいくの
ひらひらひゅうと　光の粉

蝶々さん
あそびましょ
手拍子しゃしゃしゃ　影踏んで

蝶々さん
つかまえた
ぱたぱたこしょり　花の上

蝶々さん
さようなら
天使がぼくを　連れてゆくから

question

ぼくは誰でもないことで、誰かだった。ぼくは誰かであることで、誰でもなかった。水の輪が、ひろがってゆく。ぼくは、何かに遅刻したのだ。それだけは確かだった。

だから
ぼくはここにいるの？
だから
きみはここにいるの？

この街の路上
この　焦げ付いた道の上を
だからぼくらは　えんえんと
口もきかずにさまよっているのか？

世界は、ある遅れとしてしか知覚することができない。その、遅れのなかにしかぼくらは住むことができない。だから、

だから
きみはその美しい羽を
いつも重たげに背負っているのかい？

施錠

閉じられたドアの前にたたずんで
剥がされたくちびるには
ぬるいかぜとくちべにの色があって。
鳥のこえが聞こえないのと
聞こえないのと絶えずいらだって
ほそくなった指さきの
神経には枝のような屈辱があって。
閉めきられたカーテンには
どこにも隙間なんてなかったから
深まった影と
未熟にたわむれて
幾重にも絡みあった水滴に
舌さきの緊張はかくされてゆく。

こつこつと
聞こえはじめた音は
ここが部屋のいちばん奥であると
告げているようにおもえて。
かすかなしんどう。
爪さきにかけられてゆく力が
少しずつつよくなって
もうどこにもいないってことに
気づいていたはずなのに
日が傾いたあとも
閉じられたドアの前にたたずんで。

誘惑

気怠さはアメ玉。舌に乗せて、転がしてみればこの甘さ。ぼくは、プールのふちに腰掛けて、足をみずの、ぬるい煌めきに浸しながら、いつまでも、いつまでも空っぽでありたいと、そう願ってたんだ。夕ぐれ、天使のゆめは赤く燃え、空一面にひろがって。気怠さはアメ玉。思い出と共に、砕いてみればこの甘さ。

夕立

ポケットから死んだ蝶がとびたつ
またぼくは夢をなくしてしまった
透明なものを探し求めたばかりに

またぼくは夢をなくしてしまった
夕立がぬらしてゆく街のはずれで
またぼくは僕になろうとしている

約束

振り向けば消えてしまう
そこにあったものも
あるはずだったものも
幼い記憶とともに
振り向けば消えてしまう
ひとりきりのぼくを
この街に残して

（遠く　かなしみさえも置き去りに）

振り向けば消えてしまう
それは約束
いつか結んだ契約
振り向けば消えてしまう
最初から知っていた
だからこそぼくは　この街で
きみを見つけたんだ

名前

もう　時間だ
ぼくは名前を呼ぼう

そうして世界から
全ての影を消し去ろう

影がなくなれば
ぼくの言葉も消えるのだ

失われたものを
もういちど失ったとき

ぼくは誰かに
名前を呼ばれる

夢はまたゆめの終わりを連れ去ってこの街にもう天使はいない

日向のなかに

あらかじめ生という座礁があって
その後にやってきた　けだるい季節を
きみは手のひらで撫でていた

明るい陽射しには
もうどんな予感もなかった
ぼくたちの街の　時計塔はとおく
光のなかに埋まっている

歩きつづけること　それだけが
ぼくたちにゆるされたゆいつの行為
ざわざわ唸る並樹の向こう側に
まっしろなベンチは置かれていて

きみは眩しそうに眼をつむる
足はすこしも止めないで
ぼくたちにはリズムがある
それを頼りに歩いてゆけば
きっと　躓くことはないだろう

あらかじめ生という座礁があって
ぼくたちには
ひとつだけからだがあった

もうすぐ太陽は　正午の位置につく
そのときは　きみと
このひとつのからだを
日向のなかに投げだしていたい

あとがき

辛い時は海の見える場所に行くことにしています。

私は自分が、齢相当に大人になれていないと思っております。ひたすら何かから逃げていた。

しかしその過程も美しいものだと最近思うようになり、そうして蓄積した退廃を、青臭さを、実直を、形にすることは出来ないかと思い今回の企画の初案を練り始めた次第です。

岩倉さんはまさしく自分にとってはとらえどころのないホログラムのようだと感じました。

しかし誤解でした。

紡ぐ言葉は脳細胞にズンと響く質量があり、退廃的な残り香が強く尾を引く。

どこにも居ないがどこにでも居る気持ち、「自分」から生まれる衝動を描くことにひたむきであったのです。


絵と言葉は密接な関係にあり、タイトルひとつで絵というのは意味合いがまるで変わってきます。それには内包する意味を縛るものや、新しい文脈を付与する力がある。

自分の絵と彼の言葉が同じページにあったらどうか、同じ本にあったらどうなるのか、こうなりゃあ試さずには居られないと腹を括り、声をかけさせていただきました。云い出しっぺは私です。

装丁の有馬トモユキさんは、言わずもがなデザインの領域を超えて活躍してらっしゃるスゴい方でありますが、最初に私を小説の装画のお仕事に引き抜いてくださって以来そりゃあもうお世話になっている方でして、おそらく自分の青臭さや行動や絵に対する葛藤や、所謂面倒臭い部分を知っている方なので、今回の企画には岩倉さんと同様やはり欠けてはならない存在でした。


と、云えば格好はつくのですが、この本の制作にあたっても迷惑をかけるだけかけてしまったので誠に頭があがらぬ思いであります。二度と口を聞いてもらえぬのではないかと心臓に氷が刺すような気持ちであります。

とはいえ描き溜めのようであった自分の作品群を、衒い無く装丁に反映して下さり流石と云う他ありません。

以上です。

本書を作るにあたり携わってくださった方に謝罪と大きな感謝を。

手に取ってくださった全ての方に感謝を。

またどこかで。

焦茶

天使に逢いたいと思った。

いつからかぼくの内に棲みついた、名も知らぬ無愛想な天使。性別すらもあやふやなそんな存在に、気づけばぼくは惹かれていた。

天使。

それは言葉をもたず、こころも知らぬ存在。ふいに視野をかすめては、遠くかすかに消えてゆく、幻と呼ぶには明瞭な、それでいて不確かな存在。本来ならばただそれだけの、詩人にありがちな一時の妄想、で終わるはずだった。

しかし今回、なんの奇縁か焦茶さんと共に一冊の本をつくる運びとなり、そこで再び、ぼくは「天使」に巡り逢う。焦茶さんもまた、内に「天使」を棲まわせていたのだ！

この本は、詩に絵をつける、或いは絵に詩をつけると言った、詩画集一般の発想からは隔たった場所で生まれた。ぼくらは同時に作品をつくりはじめ、時には互いの作品を見せ合いながらも、それぞれ独自に世界を深めてゆく方法をとった。

この本は言わば、ぼくと焦茶さんの共作であると共に、競作でもあるのだ。それゆえ作中のイラストと詩歌とは、必ずしもぴったりと性格が一致している訳ではない。だがそのすれ違い、軋轢の奏でる音色にこそ「詩」が、「天使」が宿るのだとぼくは思い、それを貫いた。

天上と地上。生と死。人と神。男と女。そのどちらでもあり、どちらでもない存在。そんな境界上をさまよう天使に、この本がどこまで肉薄できたかは分からない。けれどぼくらは持てるだけの力と幻想をもって、天使という不可思議を、また天使を見ることの冷えびえとした感動を、一冊の中に留めようと努めた。その僅かな残響だけでも、感じ取ってもらえたなら幸いである。

岩倉文也

焦茶氏はディスプレイ上の情報を過信しない、自分で直接見聞きしたものを血肉にするタイプの、今どき珍しい皮膚感覚をもった作家だと常々感じています。彼にいわゆる、作品的なイラストレーションの画集は出さなくても良いんじゃないかと言った覚えがあります。私のちいさな我儘でした。表出する姿勢や世界への態度そのものから、彼の作家性が出れば良いと願っていました。

それは巡り巡ってこうした形になりました。初の作品集が岩倉さんとの共著であることを焼肉屋で知らされたとき、きっとこれは彼らしい、彼ら特有の、素直な血が通った本になるだろうな、という予感がありました。彼らは天使の本についてよく語らい、そしてよく食べました。

そうしたこともあり、焦茶氏と岩倉氏の対峙がそのまま現れるような、飾らずなるべく作為のない、素直な造本を目指そうと思いました。用紙も物珍しさは狙わず、多く流通しているものが、また別の文脈で見えてくるようなものをと思って選んでいます。汗をかくタイプの仕事でも、ホールインワンを狙う仕事でもありませんでした。ただ本棚を整頓するような意識はあったと思います。その結果が、両氏の、あわいを現代的なまなざしで捉えようとする動きの一助になっていれば嬉しいです。細かなレイアウトをご一緒してくださった田中氏にも、深くお礼を申し上げたいと思います。

有馬トモユキ

焦茶《コゲチャ》

旅するイラストレーター。1995年生。2016年よりイラストの仕事を受注しながら、自主制作作品も積極的に発信。主な仕事に『Fate/Grand Order 電撃コミックアンソロジー11』、『火曜新聞クラブ―泉杜毬見台の探偵―』、『重力アルケミック』『〔少女庭国〕』（文庫版）の装画や、バーチャルライバー樋口楓のイベントビジュアルなどがある。

Twitter: @BARD713

岩倉文也《イワクラフミヤ》

詩人。1998年福島生。2016年頃より歌作、詩作をはじめ、新聞歌壇や詩誌への投稿を始める。2017年、毎日歌壇賞の最優秀作品に。2018年「ユリイカの新人」受賞、同年『詩と思想』読者投稿欄最優秀作品にも選ばれる。2019年、第24回中原中也賞最終候補。著書に『傾いた夜空の下で』（青土社）がある。

Twitter: @fumiya_iwakura

あの夏《なつ》ぼくは天使《てんし》を見《み》た

2019年10月31日　初版発行

絵／焦茶　詩／岩倉文也
発行者／川金正法

発行／株式会社KADOKAWA
〒102-8177　東京都千代田区富士見2-13-3
電話0570-002-301（ナビダイヤル）

印刷所／図書印刷株式会社

ISBN 978-4-04-604343-6 C0076